KB143280

너무 시시한 것은 싫었다

너무 시시한 것은 싫었다

박세호 시집

學而思 학이사

차례

1부 아틀라스 산맥의 당나귀

4부 신발 끈을 묶지도 못하고

1부

아틀라스 산맥의 당나귀

정상에 서면

정상은
바람이 많이 분다
바람을
견디기 힘들 정도면
정상이라 생각해도 된다
빠르게 내려가든지
더 높은 꿈일랑
접을 것을 재촉한다

그럼에도
더 큰 욕심을 내거나
등을 떠밀리는 때가
흔하다
그럴 즈음 도피처를 찾는다

그곳에서

맑은 날일수록 더 잘 보이는
신기루를 본다
그 간절함으로만 살고 싶다

일상

언제 우리에게 호락호락한 날이
하루라도 있었던가
지나고 나서야 겨우
한숨이나 쉬지

겨울나기

겨울을 지내려면
잎을 떨궈 내야 한다

갈잎
큰 잎을
떡갈나무 큰 잎을
마음속에서 떨궈내야 한다

절정의 순간이 주검이라면
그 앞에 비겁하지 않으리라
떡갈나무 큰 잎이 떨어지듯

사람의 매 순간
절정이 아닐 때가 어디 있으랴

지금이 그때라면
기꺼이 온몸을 던져
떡갈나무 큰 잎처럼
순간을 맞으리

평등하고 평온하게

눈이 오는 것만큼
설레는 광경이 있던가
눈이
쌓이고
쌓일수록 가슴이 환해지는 것

얼마나 오랫동안 눈이 왔는지
먼 산과
눈앞의 나무들

의미를 두지 말아야 할
기쁨에 들떠 살아온 지난날들
저 분분히 날리는 눈발에
덮여 간다

지난 근심조차
눈밭에 묻히고
후회스러운 흔적과
환호했던 순간들
모두
지우고 있다

쪽문

아파트 담장 한쪽을
들어내고 만든 문
권위와
실용을 맞바꾼다
가장 멀리 자리 잡아도
가장 쉽고 가까운 문
막다른 길 끝에 자리한
쪽문

내게도 내뚫고 싶은
문이 있다
포기하지 못하는 몇몇을 딛고
아직 설익은 마음에라도
지름길 끝
문을 내고 싶다

옷 정리

겨울을 지나고 나니
지난 겨우내
한 번도 입지 않은 옷들이 숱하다

어느 날부터 갖게 된
너무 많은 욕심...

한 번도 입지 않은 바지가 되어
계절을 넘기고
서글프게도
유행이 지나고
허리가 맞지 않는다는 것을
잊은 채
오늘에 다다랐다
또
때를 넘긴 것을 아까워한다

너무 좋은 시절의 교훈

며칠 전 지나간 태풍이
계곡 주위
뿌리를 깊게 내리지 않은 채
일생을 살아내던
나무들을 뽑아버렸다

살기 좋은 물가에서
좋은 빛깔의 잎과 몸집을 자랑하느라
뿌리를 깊고 넓게 내릴 필요가 없었던
방심이었다
태풍이 쓸고 지나간 계곡
한순간
뿌리가 뽑힌다
너무 좋은 환경에 박수치며
웃으며 살아온 세월이 아프다

1+1

고구마 몇 개를 구워
급하게 아침 출근을 한다
나눠 먹으려 했지만
같이 할 사람이 마땅찮아
혼자 씹고 있다
남보다 먼저 한입 더 먹기 위해
제대로 씹지도 않고
경쟁하던 날들
오늘은 고구마 한 톨
같이 먹을 사람이 없어
음악이라도
틀어놓는다

편의점에는
온통
1+1
다른 사람과 나눠 먹으란다

손톱

왼쪽 손톱 하나가 빠졌다
오십몇 년 동안
한 몸에 있어도 불공평하게
더 많은 노동과 무거운 짐을 도맡아지고
무엇 하나 오른손에 양보도 못하고
무겁고 험한 것일수록
힘센 왼손 차지다

그러던 왼손이 드디어
이제 잠시 쉬고 싶은 모양이다
너무 많이 오랫동안
달궈 먹었으니
잠시라도 오른손에 넘기고 싶겠지만
그게 그렇잖나 보다
손톱이 빠져도
왼손이 하던 일
오른손에 넘기지 못한다

손톱 2

내 실수로
손톱이 빠지는 일도
이만하면 다행이다
손가락 부러지지 않아 정말 다행이다
스스로 위안하듯
다른 사람의 실수도
그만하면 다행이다
그만하면 충분하다고 하면, 그래도
그와 손톱은 반년을 기다려야 한다

그가 웃으며 돌아올 때쯤
볼품없는 모양이라도, 손톱이
돌아오지 않을까
돌아오면
다른 손가락들과 함께하지 않을까

좋은 시절

며칠 동안 카메라를 둘러메고
온 산과 들판을 찍은 사진에
쓸 사진이 하나 없다
나의 형편없는 기술과
교본이 주는 울림조차 없다는 것
아니 사연이 없다

문득
하루하루
온갖 잘난 곳을 헤집고 다니다
돌아와서는 후회를 한다

또 한 해를
지난 모든 날을 아무리 되짚어 봐도
활짝 웃는 모습과
때깔 좋은 시절
하나 남을 수 없다는 것
망설이고, 망설이다
결국 어느 순간
가슴을 지나쳐 버렸다

좋은 시절 2

평생을 준비하고 이루어야 할 일도 있고
평생 애써도 이룰 수 없는 일도 많다

이루지 못했어도
수고가 부족했던 것이 아니고
그렇다고 건너뛰지도 않는다
한평생 살이가
예쁜 그림이 될 수만 없는 것은
처음부터 내가 이룰 수 없는
그런 일이었기 때문이리라

아직
천천히 기도하면서

그저 묵묵히 눈빛과 숨결조차
흐트리지 않고
기다리고, 기다린다

좋은 시절의 신문

I

며칠 여행에서 돌아와
쌓인 신문을 읽을 때
애써 찾았던 기사가
잔뜩 실려 있는 것은
아니다

살아가면서
온갖 일들이 썩고, 쌓여도
일상은 물처럼 흐르고

그런 채로 또 한가득
신문처럼 놀라운 것들이
내게 배달되어
아침이 된다

II

그래도
객지가 익숙해질 때쯤
어김없이
여행을 마친다

나이를 먹는다는 것

만나면 가슴이 터질까
눈조차
마주칠 수 없어 만나면
헤어지고

그걸 삭여 익혀야
나이를 먹는다

세월은 그렇게 쉬이 가지 않는다
인내와 눈물
너무 잦은 후회

먹기 시작한 나이는
그것을 의식할 때까지
멈출 수 없나 보다
쏘아진 화살처럼
어딘가에 다다르지 않으면
멈추지 않는다

누구나 다다르는 그곳

슬프기에 고맙다
시간을 아껴 써야 할 때가 되어야
비로소
고맙고 다급하다

아틀라스 산맥의 당나귀

당나귀의 서글픈 평화로움을
찍고 싶었다

사하라사막의 별빛보다
언젠가
한 컷의 기행 사진에서 느꼈던
모로코의 거칠고 황량한 산맥을 넘고 있는
수많은 당나귀

견디기 힘든 고달픔과
자신보다 더한 몇 곱절의 무게와 부피를
버티며
머리를 쳐들지도 못하고
느릿하게 고갯길로 오르고 있었다

우리도 그런 시기가 있었다

그 무게를 감당하며
고개를 오르고 나면
또 다른 고개를 마주해야 하지만

한 번도 앞을 짐작하려 머리를 들지 못했다

체념 속에 묻어나는
인내의 단내를 느꼈다
정말이지 거짓말처럼
일치되는 순간에도
차마
카메라는 들 수가 없었다

그물의 코

엘로스톤에
늑대가 돌아와 사슴을 사냥하자
엘크는 강가의 풀을 다 먹지 못하고
늑대를 피해 떠난다
드디어 버드나무가 자라기 시작하고
그 나무로
돌아온 비버가 물을 가두는 댐을 짓자
물고기들이 자라고
새는 물고기를 사냥하고
그렇게 되어 간다

사라졌던 늑대가 돌아와
엘로스톤을 살린다
늑대와 강가의 풀뿌리
어느 하나
그물의 코가 아닌 것이 없다

선은 선이 아니다
악은 악이 아니듯

그물의 코가 아닌 게 없다

2부

사랑이 익는 것도 같다

늦누에

끝까지 고치를 틀지 못하는 누에가 있다
뽕잎도 며칠째 먹지 않고
기운이 없는 듯
몸짓도 작아졌다
아주 조금 천천히 느리게 움직였지만
살아는 있었다

그러던 어느 날
힘겹게 실을 뽑아내
주위에 튼튼한 울타리를 만들고
가장 늦었지만
작지만 완벽한 고치를
만들어 냈다

그는 자기의 방식으로 죽음을 맞았다

그 누에가 나방이 되어 알을 쓸어내는
모습을 꼭 보고 싶다
왜 그렇게 뜸들이며
다음 생으로 넘어가기를 어려워했는지

자신의 문제였는지
주위의 문제였는지
인간과 유사한 그의 모습을 지켜볼 것이다

가장 기본적인

자작나무를
새로 지은 건물 사이로
높게 키우겠다는 구상은
몇 해 되지 않아
가장 기본적인
햇살의 생태를 적용할 수 없음을,
이해하지 못했다는 것을 깨닫게 하였다

나의 실수는 계속된다
한가해지면 손을 봐야지 수술해야지
했던 것들이
나이가 들면 들수록
견디기 어렵고 오래 걸리는 것
또 그리 좋은 기회는
그렇게 자주 오지 않는다는 것을

그곳에 맞게 휘어진
내 몸과 나무는
이미 나의 나무는 아니었다

나락에 떨어지다

나락에 떨어지거나
또는 발목을 잡혀
꿈속에서도 길을 찾는다
정말 소원이라면서
꿈속의 순간을 떠올린다

멀쩡하게 살아남은 모습을

벼랑에서 떨어질 때
죽고 살고보다
이 순간 날아갈 수는 없을까
어디에 떨어지면 살아남을 수 있을까

한 치라도 수틀린 경우
결단코 살아남지 못한다는 걸 알기에

슬픈 것은 더욱 슬퍼
애달픈 현실 앞에
무릎 꿇고 참회한다

여행 끝내기

지갑을 잃었다
돌아오는 비행기에서
기억에서 쉽게 지울 수 없을 만큼의
적당한 금액
그러나 그것보다
내 나이 때 할아버지가 장터 막걸리를 드시고
집으로 오시다, 그렇게 익숙한 길에서
차가운 들판을 헤매시다 새벽에서야
겨우 집으로 오셨다
고드름 달린 두텁고 무거운 외투
달아난 영혼은 도깨비가 무서웠던 것이리라

언젠가는 올 도깨비의 시련이
드디어 왔다
조금 더 시간이 지나면
애정을 쏟던 것들과
그곳이 어디가 되었던 쉽게 움켜쥔 손을
놓아야 하고,
물처럼 흐르게 해야 하고
세월이든 활짝 핀 꽃이든

쥐고 있을수록 힘들어지는데

잃어버린 지갑이 머릿속에서 무게를 늘리지 않도록
돌아오기를 기다리기보다는
잊어야 한다

잊을 수 있어야
여행을 끝내고 돌아갈 수 있다

미술관에서 길을 잃다

I

미술관에서 길을 잃는 것은 행운이다

출구를 몰라
혹은
그림을 찾다
이곳저곳을 내달린다

인생에서 길을 잃는 것도
행운일 수 있다

II

길을 잃고 이곳저곳을
헤매는 것이 어디 한두 번이겠냐만
어디로 흘러가야 하는지
어떻게 가야 하는지를 걱정하며
그림과 출구를 찾는다

III

내가 찾는 곳은 찾는 곳이 아닐 수 있다
한참을 그렇게 헤맨다
길을 찾기 위해
무심하게 보아 넘겼던 그림 앞에
수많은 관람객이 모여 있지만
길을 잃었다고 생각되면
먼발치 구경조차 할 수 없었다
가슴을 마구 뒤흔드는
하염없는 탄식에 빠져버린 시간이며
억제 못 할 서글픔이
왜 내 인생에는 없을 것인가

결국 몇 굽이를 돌아 넘기고 나면
손을 흔들며
봄 아지랑이를 따라 출구를 맞는다고
그곳에 도달한다고
출구를 찾은 것이 아니라
그가 다가왔을 수도 있다

더더욱
길을 잃는다는 것은
행운이다

새벽 전화

새벽 2시면 어김없이 전화가 울렸다
수화기를 들면 끊어진다
서비스센터는 자기 잘못이 아니라
해킹이란다
그럴 수도 있기 때문에 참기로 했지만
곤한 잠에서 욕을 하며 깼다
수화기를 얌전히 내려놓은 것은
어디 무엇 하나
무관한 채 내가 살 수 없기 때문이다
고향의 늙은 부모와 객지에 있는 자식과
혹 나의 잘못으로
억울하게 죽은 미물들이 내게 보내는 것이라면
두 손을 모으고 감사하게 받아야 한다
죽기 전이라도 다 받을 것이다
좋은 곳으로 나의 영혼을 보내려는 것이 아니다
언젠가 내가 받을 것이라면
그 어떤 것도 두려워할 수 없기 때문이다

봄바람

I

봄바람을 찍으려면
아지랑이도 놀라지 않도록
기다려야 한다
긴장을 늦추지 않고
아주 우연히
남녘 바다 어디에서
봄바람을 그물로 건져야 한다
내게 그런 재주가 있는지는 의심치 말자
사랑하는 사람이 찍혔다면
그게 봄바람이다

사랑은 어렴풋한데
사랑하는 사람이라

II

봄바람이 만월에 걸리니

내가 던진 그물에 걸리니
꽃향내 가득
내 가슴에 담네

담길 향기 사라짐에
그리움만 달빛이네

눈으로 덮인 세상

세찬 눈길을
앞선 발자국만 따라 걸으며
나뭇가지에 쌓인 눈만 본다면

눈 덮인 숲과 산과 산의
후련하고 장엄한 모습은 볼 수 없다

산은 산끼리 어울려
산맥을 만들고
나무는 나무끼리 어울려
숲을 만들어
드디어
완성된 눈 덮인 산

세월로 뒤덮인 아름다움

결국
내가 서 있을 곳을 안다
그렇게 오랫동안의 어지러움에
빛바랜 마음을 편안하게
아우른다

긴 바지를 자르지 않고 입다

옷에 몸을 맞추듯
세상에 나를 맞춘다
누구 하나
무엇 하나 옆에 없어도
살아간다는 것은
자신을 길들여가며
바람과 어둠 속에서 눈물로
살 수도 있는 것

다가온 너를 외면하지 않고
소중히 여기며
맞춰가면서
감사하며 살고 싶다

긴 바지를 자르지 않고 입는다

단상

힘들게 산을 오르는 일이
거기에 산이 있기 때문이라면
얼마나 허무한가

돈을 버는 것이
잘 먹고 잘살기 위해서라면
그 또한 그렇지 않을까

어떻게
어떻게
나의 동산에 향기로운
백합을 피게 할 것인가

마음에 핀 꽃을 꽂고
즐겁게 산을 오른다

사막 풍경

I

사막의 돌은
모난 데가 없다

정말이지
거칠게, 거친 곳에서 사는 것일수록
모나게 살 수는 없다

II

사막에는 꽃이 없다
꽃이 없는 마음은 사막이다

사막에서 본 것은
황량함이나 고독이 아니라
단순해진 아름다움이다

III

끝까지
더 이상 절제된
단순한 편안함
어디서 떠밀려 왔는지 모를
메뚜기
한 치도 당황하지 않았다

아니면
힘이 빠질 대로 빠져
다시
돌아가지 못한다는 것을 아는 것
닮고 싶은 의연함이다

IV

모래바람이 밤낮으로 불고 있다
기필코 사막을 건너려는 사람에게

감미로운 노래처럼
의식의 주문을 외게 하고
바람은 기도로서
단련되어 간다

바람이 멈추면
사막 항해의 배도 멈추게 된다

연애

벌레 먹은 복숭아를
뱉어낼 때
할머니는 연애를 잘하겠다고 하셨다

그래
사랑에는
벌레를 씹을 때의 당혹감과
토하고 싶을 만큼의 후회가
흔하지

간절하게

먹을 게 필요한 사람에게는
음식이 없고
사랑이 필요한 사람에겐
사랑이 없다
기도가 필요한 사람조차도
지갑이 빈 채로 문을 열 수가 없다
문을 열기만 해도
천국의 계단이 열리는 데도

세상엔 필요한 것은
필요한 사람에게는
허락되지 않아

간절하면 이루어진다, 간절하면...
내게 주어진 당연한 것들 앞에서
간절하게 흔들린다

사랑이 익는 것도 같다

돌산을 일구어 본 사람은 안다
얼마나 많은 땀과 정성이
눈과 입과 마음의 호사를 누리기 위해
필요한지

사람의 마음을
바꾸는 것도 같다

꿈이 없는 사람이야 없겠지만
산들바람에도
흔들리는 순간마다
그런 순간을 떠올린다

돌산을 일구어
아주 작은 흙이라도 만들어지면
보리를 심는다

돌산을 후벼 파내
땀을 채워 넣고
돌을 골라내며

온몸의 아픔이 곡괭이 끝까지 전해져야
돌은 자리 옮김을 허락한다

또 얼마나 많은
계곡의 찬바람을 쐬어야
보리도 익는다

사랑이 익는 것도 같다

결혼

I

잘생긴 소나무 한 그루를
오랫동안
이리저리 재다
사버렸다

사랑의 선택이라고
변명한다

II

볼품없이 쭈글거리는 껍질
이 조그만 씨앗이
어떻게
나에게로 왔을까

연이 닿은
볕 좋은 곳에

고이 묻어 본다

별에 기도했다
그렇게 기다리던
비가 내렸다

바나나가 준 깨달음

아침마다
몇 가지 과일을
블랜드로 갈아 먹는다

바나나가 없던 어느 날
아로니아와 우유만으로 갈았다
그런데
아, 이 맛이구나
여태 아침마다
바나나 주스를 만들어 먹었구나
이런 형편없는 맛이었구나

때론 살면서
몇 가지가 뒤섞이면
맛을 모른 채 산다

돈이 아닌데
돈이고
명예가 아닌데
명예고

본능이 아니었는데 본능이 지배했었구나

바나나가 맛을 지배했듯
비로소 사라진 바나나 덕분에
뒤에 숨어있던 가장 중요한 맛을 느끼게 된다

3부

너무 시시한 것은 싫었다

배롱나무꽃

배롱나무꽃이
예쁘다
이 나이쯤에는

온갖 것들이
꽃으로 붉게 보이기 시작했을
세상에 꽃이 아닌 것이 없을 때쯤
저것도 꽃이라고
꽃은 꽃이 아니었던 꽃

눈이 흐릿하여
어림으로 헤아릴 즈음에야
비로소
배롱나무 붉은 꽃이
총총별 가득한
밤하늘이 되고
배롱나무꽃 가득한
은하수 무리 지어진

밤하늘이다
태풍이 지나간 밤하늘이다

   II

아 행복한 나의 일상이여
비 그친 날
풀벌레의 오후
배롱나무꽃
장독대 너머 보이네

잡초
 - 숨죽여 피는 꽃

아무리 모진 세상을 살아도
이름이야 있겠지만
이 땅 척박한 곳에 뿌리 내려
억척같이 살아낸다

마음 한구석
어디서 왔는지도 모르지만
눈물 어린 아픔에
싹 틔워
숨죽여 피는 꽃은
누구에게나 있다

달맞이꽃

I

귀화해 온 너
정신없이 버텨 온 세월

동행해 온 달

II

달맞이 달빛 속에서
달맞이꽃 속에서
고향을 떠나온 우리

잠시
등을 기댄다

매화

널 볼 수 있는 것은
우연이 아니다
한계에 와버린
추위를 버틴 내게
너의 인내는
위안이었다

닥치는 대로
물 흐르는 대로 살기로 했다
그러다가도
널
만나는 기쁨은
가슴을 다독거리는
따스함이다

님과 같은 봄
- 김영현을 추억하며

꽃이 벌판을 휩쓸고 나서야
봄이 왔음을 알았다

너무나 기다렸던 비가 내렸고
원하던 절정의 순간은
어디에도 남길 수는 없었다

그렇게
스치듯 지나간 순간
가슴속 사이로 난 숲길
뒷모습도 없이
봄이 숨도 쉬지 않고
가버렸다

마치 자신을 기억하지 말라는 듯

꽃이 핀다

꽃은 꺾지 않고 보는 것
절정의 순간에도
정상에 서지 않고
잠시 머무는 것
오직 천상의 모습을 그리며
길을 걸으면
꿈꾸던 모습이 현실이 된다

세월은 흐르는 것이 아니라
어쩔 수 없이 오는 것
받기는 싫지만
기다리지 않아도 이미 와버려
둘러싸고 있는 것을

싫어하는 것을
받아야만 한다면
얼마나 힘들겠는가
세월,
흐르는 것이 아니라
어쩔 수 없이 와있는 것

꽃은 피지도 않은 채
하늘을 그리는 마음속에
이미 자리 잡았다

복숭아꽃

무엇에 홀려 시간이 갔다
어느 순간순간
내게 다가온 것은
봄이지만
허망한 아침
가끔 가슴을 흔드는 것
복숭아 꽃잎이
호수를 수놓는다

한순간
또 한순간이면
꿈은 꽃의 기억을 닮았다

허물어진 찬란한 그때

그림으로도 그릴 수 없는
눈 덮인 절경
사랑으로도 감싸지 않고
그마저 간직할 수도
지울 수도 없다
여린 봄바람에
봄꽃이 지고 있지만
허물어진 찬란한 그때
다 차곡차곡 챙겨
나이를 먹는다

폭풍이 몰아치는 날의 꽃자리

꽃은 시들면 떨어진다
사람도 그런 거라며 위안해 본다
아직도 선하게 남아
바람에 떨리는 꽃잎
웃는 듯한 눈빛

잊고 떠날 때가 되었다고 했지만
같이 가야 한다는 것은...
지난밤
폭풍이 몰아칠 때
꽃자리를 만들어 두어야 한다

12月 어느 아침

아직 꽃이 피는구나
얼어버린 아침을
견디며
한 자락 햇볕의 온기라도
잠시라도
머물게
움켜잡는다

가을 끝의 서릿발
부스스한 밤사이 지친 꽃잎의 눈
기운이 빠져나간 풍경에
적응하며
아직 꽃이 피는구나

여기 꽃이 피었던 자리에

봄을 기다리기엔 너무 이른 계절,
아직
씨앗을 따뜻이 덥힐 온기가 부족하다

봄이 오려면, 수양버들
가지 끝이 먼저 흔들린다
흔들리는 게 가지 끝인 줄 알았더니
거대한 몸통까지
마구 흔들리고
그런 세찬 바람이 몇 날 며칠을
흔들어야 겨울은
조금씩 기운을 잃고
조금씩 자리를 비워 준다

언 마음에 꽃을 피우는 것
세상에 봄기운을
불어넣는 일은
변덕스러운 봄바람이
요동쳐 흔들어야 한다

가장 기본적인 2

지난밤
폭풍우는
소나무 큰 두 가지 중 하나를
부러뜨렸다
갑자기 맞은 큰 변화였지만
어쩌면 저렇게 자연스러운 건지
더욱 멋있다

너무도 쉽게
굵은 가지가 사라졌기에
잠시 익숙하지 못했지만
드디어
새날이 환히 밝아진 듯했다

우리가 꿈에도 원치 않던 모습이
어떨 때는
더 자연스럽게 주위와 어울리고
가장 이상적인 완성은
인간의 손이 아닌 폭풍일 수 있다

분재

I

살아가면서
내 마음에 맞게 말을 하고
꽃도 내 마음에 맞게 피우고
가지를 휘고
자르고

살아가면서
다른 사람도
내 마음에 맞도록
고치려 애썼다
무엇이든 내 마음에 맞게
만들었다
잘되지 않아도 포기하지 않았다

어느 순간
내 뜻에 맞게 단장된 나무는
꽃을 피워도 향기가 없고
열매도 익지 않았다

II

너무 시시한 것은 싫었다

그렇다고
비바람을 온실에 가둘 수는 없었다
고생은 일부러 만드는 것이 아니다
고생은
지난 시간의 흔적이다
눈물의 바퀴 자국이다

작은 화분에서 덩치 큰 나무를
부족함 없이
살게 하는 것은
내가 만드는 세상에서
만족해야 한다는 것

결단코
살아남아야 한다
그 어떤 곳에서건

부족하지도 넘치지도 않아야 한다

그곳 소통의 질서와
절대 침범 못 할 한계
그래서 화분은 크지도 작지도 않아야 한다

나비

꽃밭에서
활짝 웃으며 사진을 찍고 있다
그때만이라도
웃을 수 있는
그들이 너무 좋다

흐르는 것이 좋은가
생각이
멈추는 것이 좋은가
세월이 흘러 좋은가
세상이 기쁘지 않아도 웃어야 좋은가

꽃밭에서 사진을 찍으며
웃어야 하는 순간은 정해져 있다
눈을 감으면 안 되는 것처럼

그때만이라도
웃을 수 있다는 것은
온 세상을 꽃밭으로 만들어야 할 이유이며
우리의 꿈
나비가 그곳을 나는 까닭이다

능소화

I

장마가 무더위와
머무를 즈음
그 정도 더위에
열정의 끝

찬란한 한때
뚝뚝 땀방울이 떨어지듯
한순간
더 붉게 지다

II

사랑하는 사람을 가슴에 묻듯
인정사정없이 떨어져
눈물 한 방울 마를 시간도 주지 않고
슬픔도 마를 시간 없이

가슴에 묻힌다

장마가 지나듯
열정의 끝이 지나면
찬란한 한때를
뚝뚝 땀방울 떨어지듯
한순간
더 붉게 진다

파초

어둠과 폭풍의 밤
그 공포의 상처
처참하게 찢어진 이파리
상흔의 아침은
더욱 찬란하고 생생한 여름 녹색이다

더는 버텨낼 수 없지만
그것을 이겨낸 자의 아름다움

걱정 없는 삶이 어디 있겠냐만
폭풍이 지나고 난 자리
고난과 슬픔을 이겨낸
눈부신 초록을
높이 높이 뿜어 올리고 있다

4부

신발 끈을 묶지도 못하고

우리 집 뒤뜰의 검은색 고양이

I

우리 집 뒤뜰에는 검은색 고양이가 산다 패나 당당하게 늘씬한 몸집을 가지고 있고, 사람에게 호의적이지는 않지만, 애써 무시하는 태도가 집을 나온 지 오래되지 않았으리라

주로 살던 곳이 우리 집이었고, 나를 두려워하지도 않을 뿐더러, 나는 무엇에 바쁜지 종종걸음으로 쫓아다니는 데 비해 느릿한 당당함은 그가 주인임이 맞고, 난 자신을 둘러싼 미련퉁이 하인 정도로 보였을 거다 또, 그곳에서 새끼 몇 마리나 키워냈으니 그곳은 내가 주인이라고 할 수도 없다

난 결코 그에게 양보하지 않았지만 점차 점유영역을 넓혀 뒤뜰과 통로 전체가 그의 수중에 떨어졌다 그는 자신의 영역을 포기할 생각이 없었다 어느 순간 그의 기득권을 인정해야 했다 또 어느 순간부터는 세금을 내는 나보다, 출근으로 집을 비우는 나보다 그들 가족이 머무는 시간이 훨씬 많았다 자연스레 그에게 더불어 살아갈 것을 묵시적으로 인정해 주어야 했다

II

　집 앞에 고양이 한 마리 죽어 있다 우리 집 뒤뜰에 살던
놈 같다 집 나온 놈답게 적당히 말라 있는 것으로 미루어
놈이 틀림없다 새끼 세 마리를 우리 집에 두었으니까 우리
집 뒤뜰이 주인인 고양이가 맞다
　이곳에 살고, 잠자고, 여기서 자식을 키우고…
　나와 같다
　이곳을 떠나면 어디서 살아야 할지 모르는 것도 같다 반
지르르한 털과 황금색 눈을 가진 녀석이 나의 마음을 제압
해 가던 어느 순간부터는 어쩌면 그가 상위포식자임을 인
정하게 되었다

　그렇게 하찮게 대하던 그가 나의 손을 빌리고, 나는 쓰
레기 봉투 외엔 방법이 없었다
　언제 내게도 다른 이의 손을 빌릴 순간이 온다면 이보다
다를 수 있을까

　도시살이는 짧게는 이 순간, 길게는 오늘 하루가 주기일
수밖에 없다

Ⅲ

내 머릿속은 오랜 농경사회의 삶이 유전자에 기억되어
있다
하나의 결실을 보기 위해 적어도 일 년, 길게는 일생을
바친다
여름의 노고는 언젠가의 수확을 위한 행복한 과정이며,
그 어떤 것 하나 생략할 수 없다
그런 이유로 지금이 수확기이며, 어떤 일의 시작일 수
있다
매 순간 시작이며, 끝이다

파도

I

드디어 파도가 잔잔하다
분명
절대 숙이지 않고는
살아남을 수 없는 것
방파제를 넘어서던
그 당당했던 모습

II

파도가 그랬고
바람이 그랬다
눈 감으면
잘게 나뭇가지 흔드는 소리를 듣는다

등 굽은 할머니처럼

미역 몇 조각
두치 잡어
금방 부러져 버릴 것 같은
지팡이에 의지한 채
고양이에게 도둑맞지 않으려
두 팔을 있는 대로 휘두르지만

등 굽은 할머니처럼
위태롭게
잔뜩 찌푸린 바다
닮아 가고 있다

바닷가 작은 무덤

팔뚝보다 큰 물고기를 쉬지 않고 잡아 올리던
솜씨 좋은 어부는 몇 평 텃밭으로
그물을 옮겨 울타리를 만든다
고추, 고구마, 상추...
찬란한 한때

한때는 힘줄이 툭툭 불거진 팔뚝으로
연하디연하게
호미질로 밭을 만들고

그 곁에 묻히리라

비를 피한다

I

세찬 장대비
조릿대는 사각거린다
우리의 허약하고 하찮은 일상
사각거린다

II

폭풍우가 지나는 바다는
넋 놓고
바라만 볼 수밖에 없도록
장엄하다

III

바라만 본다
반짝이던 영혼까지 잡아 올리던

그물 터지도록
금은빛 꿈을 건져 올리던 시절

노래

바다는 단순하다
살아 살아남아야
노래도 부른다
살아는 남아야 한다
가끔 슬픔에
술을 부으며
위로한다
지난날들을 노래한다

만선의 깃발은 찢기고

항구에는 바다로
돌아가지 못한 배들이 즐비하게 늘어서
태풍을 피하고
그런 채로
결박한 닻이 녹슬고
바다는 여전히
신화로 묶여
꿈을 꾸고 있다

낙동강

낙동강은 나의 모습이다
물이 흐르지 않던 강은
거의 모든 계절에 바닥을 드러내
물속을 들여다볼 필요도 없었기에
사람들 속마음도 늘 말라 있는 강이었다
얼굴로는 속마음을 가늠 못 할 말 없는 들판에
쭈글거리는 젖을 물리던 강이었다

마을 앞을 지나 낙동강으로 흘러가는
강 이름을 알 필요도 없었고
이름 없이도 살아가는 사람들이었다
나의 할매들이 그랬다

노할매는 6.25 때 힘의 원천인 자식을 학도병으로
팔공산 전투에서 잃었다
그래서 할아버지는 큰집으로 양자를 가
두 집의 장남이었다
사실
전쟁이 끝나고도 소식이 없었기에
우리 집은 내가 자랄 때까지 충절의 집이었다

할아버지 문패 옆 하얀 금속판에 까만 글씨로 충절의 집
그것이 무엇을 말하는지 늘 생각거리였다
가훈처럼 느껴졌다

신발 끈을 묶지도 못하고

푸른 날에 품었던 꿈들은
잠깐 신발 끈을 고쳐 매는 사이에
사라졌습니다
인생이 그렇듯
함께 걸어왔던 시간은
잠시 잠깐이었습니다
남들에게 주목받으며
우쭐대던 순간에도
신발 끈을 제대로 묶지도 못하고
다급하게 출발하여
그렇게 끝까지 내 달려야 했습니다
지금 생각하면
넘어지지 않은 것만으로도
참 다행한 일입니다만

신발 끈을 묶을 시간을 보냈더라면
어느 날부터는
늘 아쉽습니다

주운 돈

언제부터인가
내 주머니를 채운 많은 것들
피땀 어린 것들 위에서
주인 행세를 하고 있다

노을

꽃이 지듯
사랑이 질 때
더욱 붉게 타는 노을

나이가 든다는 것은

사실 나이가 든다는 것은
근심으로 가득찬 수레를 겨우겨우 밀어 올리며

슬프지 않으려 애쓰며
억척스레 단련되어 가는 거다

어느새 다가온 밤이
익숙함을 눈물 없이 노래하자 하고
나이가 든다는 것은 분명
이제
내게 주어진 날들을
헤아릴 수 있다는 것이고
흔들리는 것은
세상이 아니라 나라는 것을
그 쉬운 것을
아는 것이다

다 떨어진 마누라 속옷을 개키며

사는 일이 너무 바빠서인가
오래전 멈춘 벽시계 아래
빨래를 개고 있다

익숙한 것이 좋아
다 떨어진 속옷을 버릴 수 없듯
당연하듯
늘 무심한 눈길로
던져두었던
이 아쉬운 것들
개켜 넣는다

이제야
겨우
고생을
돌아본다

오래전 멎어 버린
감정도 멈추고

멈추어도
멈춰진
다 헤어진 속옷을 개고 있다

기적

가장 적은 것을 잃고
살아 돌아가야 한다
바람도 그쳤다

무너진 사이로
하늘이 보였다
도저히 빠져나갈 수 없었지만

이제부터는
신의 뜻이라 생각하고
눈을 감았다

단풍이 드는구나

지금까지
내 생각은
어리석거나
순진하거나
무지하다

그래도
이제사
겨우
제맛 들어가네

꿈을 건져 올리던 시절이 아직은 있어

천영애 시인

    나이 들어가는 일의 쓸쓸함은 나이가 들어봐야 비로소 알 수 있다. 젊을 때 늙음이란 손에 닿지 않는 먼 미래의 사건으로 자신에게 그 사건의 시간이 닿을지도 알 수 없다. 어쩌면 도래하지 않을 미래, 결코 닿지 않을 미래인지도 모른다. 그렇게 닿지 않을 미래라고 생각했던 그 시간이 지금, 여기 있다는 것을 깨달았을 때 인간은 겸허해진다.

    그렇게 하찮게 대하던 그가 나의 손을 빌리고, 나는 쓰레기 봉투 외엔 방법이 없었다
    언제 내게도 다른 이의 손을 빌릴 순간이 온다면 이보다 다를 수 있을까
    도시살이는 짧게는 이 순간, 길게는 오늘 하루가 주기일 수밖에

없다

- 「우리 집 뒤뜰의 검은색 고양이」에서

"어느 순간부터 세금을 내는 나보다, 출근으로 집을 비우는 나보다 그들 가족이 머무는 시간이 훨씬 많았"던 검은 고양이가 죽었다. "이곳에 살고, 잠자고, 여기서 자식을 키우고" 살던 고양이다. 젊은 날이었으면 그저 고양이 한 마리의 죽음 정도로 대수롭지 않고 조금은 귀찮게 생각했을 것이지만 이제는 그렇지 못하다. 비록 길고양이지만 그의 주검을 거두어 주며 자신에게 도래할 죽음을 생각한다. 그 죽음의 모습이 고양이의 죽음과 무엇이 다를까. 시인이 묵상하는 그 도래할 사건은 살아있는 생명이라면 누구나 거쳐야 하는 사건이지만 남의 일로 치부할 수 없는 까닭은 이제 시인도 나이가 들면서 자기 삶에 대한 실존적 이해가 되기 때문이고, 시인의 집에서 새끼를 낳고 키우며 자리를 잡았던 길고양이의 죽음이 그저 자신과 상관없는 타인의 일만은 아니기 때문이다.

시인에게 도래할 사건은 기어이 오고야 말 것이지만 그래도 하루하루가 귀한 것은 사람이라면 누구나 꾸는 꿈 때문이다.

항구에는 바다로
돌아가지 못한 배들이 즐비하게 늘어서
태풍을 피하고

그런 채로

결박한 닻이 녹슬고

바다는 여전히

신화로 묶어

꿈을 꾸고 있다

- 「만선의 깃발은 찢기고」 전문

사는 일은 때로 너덜너덜하게 녹이 슬어가는 일인지도 모른다. 인생이란 게 마치 알 수 없는 운명에 묶여 어찌할 수 없는 것처럼, 항구의 배들도 다가오는 태풍을 피하려고 묶인 채로 녹이 슬어가지만 그래도 그런 배들처럼 난파하지 않고 사람이 살아가는 것은 바다의 꿈, 사람의 꿈이 있기 때문이다. 그것이 신화라는 것을 알고 있지만 별다른 도리도 없다. 그러나 바다의 꿈, 사람의 꿈은 언제나 아름다워서 생명은 그 꿈의 힘으로 산다.

박세호 시인의 시의 형태는 간결하고 언어는 정결하다. 잘 다듬어진 언어들이 그의 삶을 보여주고 있는 것 같다. 구부러지지 못하고 앞만 보고 달려온 삶은 어느 순간 회한에 도달하겠지만 사람은 또 그렇게밖에 살 수 없다. 버릴 것 없는 언어들이 여백을 두고 페이지를 채우고 있는 것을 보면서 요즈음의 난해한 시에서 느껴지던 피곤함이 없어서 시의 형태는 결국 간결해야 하고, 시어는 뼈를 깎듯이 깎아내야 하는 것임을 다시 느낀다. 시의 형식을 빌린 언어가 모두 시가 아님에도 불구하고 얼마나 많은 언어들을 시라고 우기며 나서는지 혼란스러운 시대가 아닌가.

　　　　푸른 날에 품었던 꿈들은

　　　　잠깐 신발 끈을 고쳐 매는 사이에

　　　　사라졌습니다

　　　　인생이 그렇듯

　　　　함께 걸어왔던 시간은

　　　　잠시 잠깐이었습니다

　　　　남들에게 주목받으며

　　　　우쭐대던 순간에도

　　　　신발 끈을 제대로 묶지도 못하고

　　　　다급하게 출발하여

　　　　그렇게 끝까지 내 달려야 했습니다

　　　　지금 생각하면

　　　　넘어지지 않은 것만으로도

　　　　참 다행한 일입니다만

　　　　신발 끈을 묶을 시간을 보냈더라면

　　　　어느 날부터는

　　　　늘 아쉽습니다

- 「신발 끈을 묶지도 못하고」 전문

고양이의 주검을 보며, 항구에 묶인 배의 닻이 찢어진
것을 보며 자신이 처한 실존의 무게를 깨닫고, 묵상하고 꿈꾸던 것도 돌이켜 보면 신발 끈을 묶을 시간도 없이 달려왔던 지난 시간이 있었기에 가능하다. "주목받으며 우쭐대던 순간"도 잠깐, 다시 "다급하게 출발하여" 닿을 곳은 어디였을까. 사람은 자신의 끝을 알지 못한다. 그러므로 사람은 달릴 수밖에 없다. 그랬는데 "지금 생각하면/ 넘어지지 않은 것만으로도/ 참 다행한 일입니다만" 그때 좀 더 여유를 가지고 천천히 살아왔더라면 어땠을까 하고 회한이 넘치는 것이다.

박세호 시인은 시집 제목을 『너무 시시한 것은 싫었다』로 정했는데 어쩌면 이 말은 시인 자신의 삶의 좌우명인지도 모른다. 시시한 것이 싫다면 맹렬히 달리는 것 말고는 다른 선택의 여지가 크게 없는데 지금 돌이켜 생각해 보면 그것밖에 없었을까. 자신의 삶을 위해서, 시시하게 살지 않기 위해서 시인은 많은 선택과 결단의 삶을 살았을 것이다. 그런데 시인은 시「주운 돈」에서 "언제부터인가/ 내 주머니를 채운 많은 것들/ 피땀 어린 것들 위에서/ 주인 행세를 하고 있다"라며 자신의 것이 아닌 주운 돈이 주인 행세를 하는 것을 본다. 그렇다면 주운 것이 아닌 자신의 노력으로 이룬 것들은 어디에 있는가. 왜 그것들은 주인 행세를 하지 못하는가. 삶이란 것이 시시해지지 않으려고 맹렬히 달려왔지만 결국 손에 남는 것은 주운 돈 같은 것들, 딱히 내 것이라고 말하지도 못하고 내 것이 아니라고도 말할 수 없는 것들로 채워져 있다. 잃어버린 자아가 서글프게 이 시에 스며 있는 것이다.

"언제 우리에게 호락호락한 날이/ 하루라도 있었던가"
(「일상」에서) 돌이켜 보면 삶은 탄식만 남는 것인지도 모른다.
그런 와중에도 시인이 아름다운 이유는 그 호락호락하지
않은 나날들, 넘어지지 않기 위해 달려왔던 나날들에서 찾
아내는 아름다운 서정이다.

> 봄바람을 찍으려면
>
> 아지랑이도 놀라지 않도록
>
> 기다려야 한다
>
> (중략)
>
> 남녘 바다 어디에서
>
> 봄바람을 그물로 건져야 한다
>
> (중략)
>
> 사랑하는 사람이 찍혔다면
>
> 그게 봄바람이다
>
> - 「봄바람」에서

서정시가 죽은 시대라고 하지만 인간에게 서정은 상실
해서는 안 되는 최후의 보루이다. 단지 그 서정성을 의미가
제한되는 언어로 표현하기 어렵거나, 단일한 언어로 감정
을 표현하기 난해하여 짐짓 드러내지 않는 경우가 많을 뿐
서정은 여전히 이 시대에도 유효하고 도래할 시대에도 유
효할 것이다.

"봄바람을 찍으려면/ 아지랑이도 놀라지 않도록"이라는 문장은 시인이 자신의 신체적 나이를 많은 시에서 암시하고 있지만 그의 시가 여전히 노쇠하지 않는 이유이다. 바람의 흔적을 찾기 위해서, 바람은 어디에 있는지 돌아보기 위해서는 나무의 흔들림을 보아야 하고 숲의 수런거림을 들어야 한다. 봄바람은 어떤 형태를 가지고 있을까, 시인에게 물어보고 싶은 질문이다. 아지랑이가 놀란다면 어떤 모습일까, 역시 시인에게 던지는 물음이다. 시인은 자신의 카메라를 통해 "봄바람을 그물로 건져" 올릴 수 있는 자이고, "봄바람을 찍"을 수 있는 자이며, 카메라에 찍힌 사랑하는 사람을 통해서 봄바람을 확인할 수 있는 자이다. 그래서 시인은 언어의 마술사, 사물을 제작하여 예술로 승화시키는 자이다. 아름다움은 눈에 보이지 않는 너머의 존재를 품어야 하며, 그것을 언어로 쓸 수 있는 자가 시인이다.

봄을 기다리기엔 너무 이른 계절
아직
씨앗을 따뜻이 덮힐 온기가 부족하다

— 「여기 꽃이 피었던 자리에」에서

추운 겨울의 찬 바람 속에서 봄을 기다려 본 사람은 안다. 땅속에서 꼬물거리는 온기와 나무줄기를 타고 오르는 수액과 그런 것들이 대지를 박차고 나올 것을 기다리는 사람의 조바심을. 봄은 아직 당도하지 않아 추운 공기가 대지

에 스며 있지만 봄을 기다리는 사람은 이미 겨울의 끝자락
부터 설렌다.

늘 무언가를 기다리고, 도모하고, 결단하며 살아온 사람
은 때를 알아서 자리를 비켜 주는 계절처럼 오고 가는 과정
에서 닥치는 것들을 안다. 그것은 "세찬 바람이 몇 날 며칠
을/ 흔들어야" 하고, "변덕스러운 봄바람이/ 요동쳐 흔들
어야 한다" 그런 과정에서 땅속을 가만히 내려다보며 그
부족한 온기 때문에 기다리는 마음을 슬며시 접어 두는 것
도 사람이 해야 할 일이다. 그러나 꽃이 피었던 자리에 꽃
은 다시 필 것이다.

> 흐르는 것이 좋은가
> 생각이
> 멈추는 것이 좋은가
> 세월이 흘러 좋은가
> 세상이 기쁘지 않아도 웃어야 좋은가
>
> 꽃밭에서 사진을 찍으며
> 웃어야 하는 순간은 정해져 있다
> 눈을 감으면 안되는 것처럼
>
> - 「나비」에서

나이가 들면 모두 철학자가 되는 것인지, 아니면 시인은
이미 철학자인지 삶에 대한 통찰이 이미 한 세상을 얻은 듯

하다. 좋은 것이 좋은 것이 아니냐는 하나 마나 한 말이 멀미를 일으킬 때가 있다. 어떻게 무턱대고 좋은 것이 좋은 것이 될 수 있는가, 그 말을 통해서 우리는 삶의 많은 부분을 기만하며 살지 않았는지 자주 돌아보게 된다. 그런데 "흐르는 것이 좋은가/ 생각이/ 멈추는 것이 좋은가/ 세월이 흘러 좋은가/ 세상이 기쁘지 않아도 웃어야 좋은가"라는 구절 앞에서 그 말을 다시 생각했다. 흘러가는 물이 좋고 나쁜 것을 구별하던가. 구별하려는 마음조차 집착이 아니던가. 사진을 찍을 때 한순간 기계적으로 웃는 웃음이 때론 사진에 영원히 각인된다고 해서 우리는 그때 웃고 싶었다고 말할 수 있는가. 많은 질문이 던져지는 시다. 답은 없을 것이다. 그러나 시에서처럼 "그때만이라도/ 웃을 수 있다"는 것은 "우리의 꿈/ 나비가 그곳을 나는 까닭이다"라고 시인은 대답한다. 소리 없는 질문에 시인이 하는 묵음의 대답이다.

　　아마 누구라도 그러할 것이다. 잘 살고 싶은 것, 더 나아가 안분지족의 삶은 누구나 살고 싶은 것이다. 그러나 그것이 쉽지 않아서 사람은 그 단어에 더 매달린다.

　　너무 시시한 것은 싫었다

　　그렇다고
　　비바람을 온실에 가둘 수는 없었다
　　고생은 일부러 만드는 것이 아니다

고생은

지난 시간의 흔적이다

눈물의 바퀴 자국이다

작은 화분에서 덩치 큰 나무를

부족함 없이

살게 하는 것은

내가 만드는 세상에서

만족해야 한다는 것

결단코

살아남아야 한다

그 어떤 곳에서건

부족하지도 넘치지도 않아야 한다

- 「분재」에서

시시하게 사는 것은 싫지만 그렇다고 억지를 부릴 수는 없다. 삶은 내가 선택하는 것이 아니라 어쩌면 선택되어지는 것인지도 모른다. 사람은 늘 자신이 운명을 만들어 간다고 생각하지만 어쩌면 운명은 이미 정해져서 우리는 다만 그 길을 가고 있는 것인지도 모른다. 작은 화분에 나무를 심어놓고 나무가 편안해지는 방법은 만족하는 것이다. 작은 화분을 뛰쳐나가려고 가지를 더 뻗거나 뿌리를 더 내려봤자 화분 안이고, 나무 마음대로는 가지를 뻗을 수도 없다. 중요한 것은 가지를 더 뻗거나 뿌리를 더 내리는 것이 아니라 "내가 만드는 세상에서/ 만족해야 한다는 것"이고, "결단코/ 살아남아야 한다"는 것이다. 그것보다 더 중요한 것이 어디 있겠는가. 삶 역시 마찬가지다. '살아남아야' 하는 절대절명의 과제가 사람에게는 주어져 있기 때문이다. 존재는 실존의 의식을 가지는 한에서만 있다고 말할 수 있는데 실존의 명제는 살아있어야 한다는 것이다.

너무 시시한 것은 싫었다고 하지만 결국은 너무 시시해져 버린 삶, 그러나 누구도 시시하다고 말할 수 없는 이유는 그것이 인간의 숙명이기 때문이다. 살아내는 것만으로도 벅찬 것이 우리의 삶이다. "어느 순간/ 내 뜻에 맞게 단장된 나무는/ 꽃을 피워도 향기가 없고/ 열매도 익지 않았다"(「분재」에서) 결국 남는 것은 삶의 회한과 돌이킬 수 없는 시간뿐일까. 그렇지는 않을 것이다. 시인이 피운 꽃과 열매가 아직 지상에 남아서 향기를 더할 것이기 때문이다. 그리고 "그물 터지도록/ 금은빛 꿈을 건져 올리던 시절"(「비를 피한다」에서)이 남아 있기 때문이다.

후기

　이곳저곳에 적혀 있던 시들을 모으는 것이 잘하는 것인지 모르겠으나, 이 나이가 되면 정리할 것은 정리해야 하듯, 한 획을 그어두고 싶어 욕심을 내게 되었다. 그냥 일기일 수도 있고, 잡기장에 끄적인 메모일 수도 있기에 혼을 담지 못했다는 자조와 웃음거리가 될 수도 있음을 안다. 그러나 시는 내가 흔들릴 때 나를 잡아 주고, 용기를 주었으며, 비록 하찮을 수 있는 것들이지만 힘이 되었다. 다른 사람에게도 힘이 될 수 있다고 믿고 싶다.

　이것이 마지막이 아니라고 말하고 싶다. 시작이라 말하고 싶지만, 그 어느 것도 장담할 수 없다. 그래도 행복하다. 행복하기에 쓰겠지만, 정반대일 경우에도 힘은 힘들 때 필요하기에 더욱 열심히 살며 많은 얘기를 하고 싶다. 물론 이 모든 것은 나의 바람이다. 나에게 많은 교훈을 준 사랑하는 사람들이 어느 날 내 곁을 떠나가듯, 나 역시 그러하므로 이것은 결국 시작일 것이다. 끝까지 나는 행복하기 위해 산다. 지금의 이 작업 또한 그렇다. 감사의 인사를 드린다.

너무 시시한 것은 싫었다

지은이 ㅣ 박세호

초판 1쇄 발행 ㅣ 2023년 12월 30일

펴낸이 ㅣ 신중현
펴낸곳 ㅣ 도서출판 학이사
출판등록 ㅣ 제25100-2005-28호

　대구광역시 달서구 문화회관11안길 22-1(장동)
　전화_(053) 554-3431, 3432　팩시밀리_(053) 554-3433
　홈페이지_http://www.학이사.kr
　이메일_hes3431@naver.com

ISBN_979-11-5854-476-8　03810